PRIX : 30 CENTIMES.

LA BARONNE DE PINCHINA,

VAUDEVILLE EN DEUX ACTES,

Par MM. Lubize et Edouard Brisebarre;

Représenté, pour la première fois, à Paris, sur le théâtre des Folies-Dramatiques, le 7 février 1839.

PERSONNAGES.	ACTEURS.	PERSONNAGES.	ACTEURS.
RAOUL, rentier.	MM. ÉD. GERARD.	LA Bne DE PINCHINA.	Mmes HOUDRY.
LECOMTE, peintre.	BELMONT.	AMANDINE, couturière.	LISE.
CHEVALIER, fumiste.	BLUM.	VIRGINIE, idem.	LAGRANGE.
UN GARÇON TRAITEUR.	FERDINAND.	VICTOIRE, au service de la bar.	LOUISE.
TOBY, domestique.	ERNEST.	Masques de toutes sortes.	

La scène est à Paris.

ACTE I.

Le théâtre représente un riche salon. — Table et fauteuils.

SCENE I.

TOBY, VICTOIRE.

VICTOIRE, sortant de l'appartement de la baronne, à gauche, à la cantonnade. Oui, madame, j'y vais tout de suite. (En scène.) Dieu! que c'est donc fatigant d'être la femme de chambre d'une vieille baronne qui veut paraître jeune.

TOBY. Qu'avez-vous donc, mademoiselle Victoire? vous avez l'air de mauvaise humeur.

VICTOIRE. C'est madame, qui me met hors de moi... depuis ce matin, je suis à sa toilette.

TOBY. Ecoutez donc, ma chère, madame la baronne de Pinchina veut plaire à son mari... c'est bien naturel.

VICTOIRE. Oui, je crois qu'il se soucie bien d'elle!.. depuis que monsieur Raoul a amené, de Carcassonne, son épouse...c'est un hasard quand les deux nouveaux mariés se trouvent ensemble.

TOBY. Ah! dam... c'est que mon maître a vingt ans de moins que sa femme, et qu'il a voulu faire, non pas un mariage d'inclination, mais un mariage de spéculation.

VICTOIRE. C'est pour cela que la plupart du temps il déjeûne, dîne et couche en ville.

TOBY. Chut! voici monsieur. (Victoire sort.)

SCENE II.

RAOUL, TOBY.

RAOUL, en entrant. Toby, ma femme m'a-t-elle demandé?

TOBY. Oui, monsieur; mais je lui ai dit que vous aviez passé une mauvaise nuit... que vous ne la reverriez que fort tard.

RAOUL. C'est très bien, tiens, voilà cinq francs pour ton mensonge.

TOBY. Merci, monsieur... A ce prix-là, je mentirais vingt fois à l'heure.

RAOUL. Laisse-moi... ah! passe chez le carossier en face, tu verras si mon coupé est enfin réparé... Je suis fatigué des cabriolets de régie.

TOBY, sortant. J'y cours, monsieur.

SCENE III.

RAOUL, seul. Je suis rompu... exténué... il y a de quoi... passer la nuit au bal de l'Opéra... et pour m'achever, prendre ma part d'un déjeûner de garçons... orné de jolies femmes et de Champagne frappé. Mais la nuit prochaine, je change de voluptés: c'est à la grisette que je me consacre... ou plutôt à mes grisettes, car il y en a deux... l'une que je rencontrai en favorite et l'autre en hirondelle. Je leur ai donné rendez-vous, à la Courtille. Le brillant Raoul Barbottin, époux de la baronne de Pinchina... à la Courtille... quel anachronisme! Bath! cela me rappellera mon bon temps, l'époque où, simple courtier d'assurance, j'allais, en sortant du bal Musard, achever, chez Desnoyers, la nuit du mardi gras... ah bien! oui, mais... et ma femme... c'est drôle, je ne pense jamais à ma femme... Bath, je trouverai un prétexte pour la coucher de bonne heure; à son âge, c'est ce qu'on a de mieux à faire... je ne veux pas qu'elle se fatigue, car je l'aime, moi, sans que ça paraisse; si je lui fais garder la maison, tandis que je vais m'ébattre ailleurs, c'est par égard pour sa santé... qu'est-ce que je veux, moi? son bonheur.

Air de l'Apothicaire.

Jamais nous ne nous querellons;
Ah! notre accord est indicible.
Il est vrai que nous nous voyons
Aussi rarement que possible;
Et pour éviter que la nuit
Parfois ne devienne orageuse,
Nous avons chacun notre lit:
Je rends ma femme très heureuse.

Aussi ne se plaint-elle pas de moi, au contraire, elle est persuadée que je suis fou de ses charmes de cinquante ans; je lui fais des scènes de jalousie...

SCENE IV.

RAOUL, TOBY.

TOBY. Monsieur, je sors de chez votre carossier, et il m'a dit que votre coupé ne serait prêt qu'à la fin de la semaine.

RAOUL. Que le diable l'emporte... Toby, je rentre chez moi: si ma femme me demande, tu lui diras que je repose.

TOBY. Oui, monsieur. (Raoul sort par la droite.)

SCENE V.

TOBY, LECOMTE, CHEVALIER.

LECOMTE, en dehors. Par ici, Chevalier, par ici, mon bonhomme.

TOBY. Des hommes du peuple... (Haut.) Que demandez-vous?

CHEVALIER. Domestique, nous désirerions causer un brin avec la bourgeoise.

TOBY. Et que voulez-vous à madame la baronne.

LECOMTE. Si on te le demande, tu peux répondre que tu n'en sais rien.

CHEVALIER. Qu'il te suffise de savoir que mon ami est le peintre, et moi le fumiste, qui ont eu l'honneur de travailler dans la maison que la baronne z-a acheté.

TOBY. C'est bien, l'on va vous annoncer, attendez ici un moment.

CHEVALIER. Annonce seulement Chevalier poêlier-fumiste.

Air : galop de la Fille du Danube.

ENSEMBLE.

Plus de façon,	Quel mauvais ton!
Va vite	Mais vite
Annoncer ma visite;	Annonçons sa visite;
Du compagnon	Du compagnon
A l'instant décline le nom.	Madame va savoir le nom. (Il sort.)

SCENE VI.

LECOMTE, CHEVALIER.

LECOMTE. Ah ça ! ma vieille, tu sais le compliment que t' as à faire à la bourgeoise, en lui apprenant que nous avons fini le rabibochage de sa maison.

CHEVALIER. Sois tranquille, il est sur le bout de ma langue.

LECOMTE. Et le bouquet?..

CHEVALIER. Il est au frais... dans ma poche.

LECOMTE. T'appelles ça au frais, merci... pendant que tu vas l'offrir à la propriétaire du local, moi je retourne auprès des amis qui m'attendent au cabaret du coin; je commande le festin, nous nous posons à table, et quand tu as reçu le pourboire d'usage, tu nous rejoins, et tu manges les restes.

CHEVALIER. Ah ! ça... dis donc, pourvu qu'il en reste, des restes.

LECOMTE. Et puis après, nous nous déguisons, et notre mardi gras s'achève dans un établissement dédié à Momus et aux pommes de terre frites...

CHEVALIER. En v'là une perspective enfumée... ce qui me turlupine, c'est que nous n'ayions pas avec nous les sultanes de nos cœurs... vrai, je suis fâché à présent que nous les ayions décommandées.

LECOMTE. Bêta des bêtas, mais c'est le joli de la chose, au contraire, puisqu'Amandine et Virginie doivent être nos épouses à Pâque... ou à la Trinité... Ce mardi gras est le dernier qui passera sur nos têtes de célibataires, il fallait donc l'accaparer pour nous seuls, et l'exploiter en garçons... c'est pour ça que j'ai invité nos tourterelles au sommeil, sous prétexte d'un travail de nuit... pressé... comme ça, nous pouvons folichonner à notre aise.

CHEVALIER. Oh ! oui, folichonnons... batifolons... je me sens en train de folichonner...

LECOMTE. On vient... c'est la baronne; je te laisse à ton affaire... ah ! ça, dépêche-toi, et ne nous laisse pas croquer le marmot.

CHEVALIER. Sois donc tranquille, j'ai trop la venette que vous ne croquiez le dîner sans moi...

ENSEMBLE.

Air du Clair de lune.

Au cabaret je vais m'asseoir,	Au cabaret il va s'asseoir,
Je te quitte	Il me quitte
Bien vite.	Bien vite.
Si je sors, c'est avec l'espoir	Si tu sors, c'est avec l'espoir

De bientôt nous revoir. (Lecomte sort)

SCENE VII.

CHEVALIER, LA BARONNE.

CHEVALIER, à part. V'là la bourgeoise, frisons mes tirebouchons... (Il s'arrange les cheveux.)

LA BARONNE. C'est vous qui me demandez, mon ami.

CHEVALIER. Oui, madame, c'est moi que j'ai cet honneur; je viens au nom de la corporation des ouvriers de vot' maison vous annoncer qu'elle est entièrement rabibochée. (A part.) en avant les quatre fleurs. (Haut.) Et de plus... (Lui présentant le bouquet.)

Daignez accepter ce bouquet,
Qui n'est ni beau, ni bien fait,
Il y manque une fleur,
C'est celle de votre cœur;
Mettez-le dans votre main
Il n'y manquera plus rien.

LA BARONNE, riant. Ah ! c'est très joli... et ce morceau de littérature mérite une récompense... tenez, jeune homme.

CHEVALIER. Une pièce d'or... ah ! madame la baronne, c'est pas pour vous flatter, mais vous avez des manières... d'un très bon chic.

LA BARONNE, à part. Il m'amuse, ce garçon.

Air du pauvre chien.

Ah ! vous méritez, je vous jure,
L'estime du compagnon.
L'on n'en trouv'rait pas, je l'assure,
Dix-sept comm' vous dans un demi-quartron.
Je suis fumiste, j' badigeonne;
D' vous bien servir, je me ferai la loi.
Quand il faudra qu'on vous ramone,
Mam' la baronne, pensez à moi.
J' vous ramon'rai, pensez à moi !

LA BARONNE. Soyez tranquille, mon garçon, je ne vous oublierai pas.

CHEVALIER. Maintenant, il ne me reste plus qu'à défiler la parade.

LA BARONNE. Un instant, je ne veux pas que vous partiez sans vous être rafraîchi...

CHEVALIER. Ah ! madame, une politesse en vaut une autre... j'accepte.

LA BARONNE. Toby, conduisez ce garçon à l'office.

TOBY. Oui, madame; suivez-moi, mon ami.

CHEVALIER. Madame la baronne, enchanté d'avoir fait votre illustre connaissance. (Ils sortent.)

SCENE VIII.

LA BARONNE, seule.

Il est très plaisant, cet ouvrier... Mais je n'ai pas encore vu mon cher Raoul, ce matin... est-ce que son indisposition aurait eu des suites... ah ! il faut que je m'en assure. (Elle frappe doucement à la porte de droite.)

RAOUL, en dehors. Qui est là ?

LA BARONNE. C'est moi, bon ami.

RAOUL, de même. Je suis à vous, Floresca...

LA BARONNE. Sa voix n'est pas trop altérée... j'ai bon espoir.

SCENE IX.

RAOUL, LA BARONNE.

RAOUL, lui baisant la main. Bonjour, bonjour bébelle.

LA BARONNE. Et cette petite santé, mon bon chat ?

RAOUL, à part. Calinons-là. (Haut.) Ça va mieux... beaucoup mieux... quand je suis auprès de vous.

LA BARONNE. Amour d'homme, va... qu'il est gentil... tu m'aimes, n'est-ce pas, mon Raoul... ah ! je suis une petite femme bien heureuse.

RAOUL. Et moi, donc.

LA BARONNE. Raoul, j'ai rêvé de vous cette nuit, de notre première entrevue.

RAOUL. Quant à moi, elle est sans cesse présente à ma pensée; il y a 3 mois de cela, j'étais alors simple courtier d'assurance pour la compagnie du Phénix; je parcourais la France sur toutes ses coutures; le ciel, ou plutôt mon étoile, me conduisit à Carcassonne. C'est là que tu m'apparus pour la première fois, ô Floresca.

LA BARONNE. Oui... je ne l'ai point oublié, méchant ami, vous veniez à moi pour assurer mon château contre l'incendie, et vos regards brûlants mirent le feu à mon cœur... quel sinistre... Hélas ! comment aurais-je pu résister à votre empire, moi pauvre innocente, sans expérience, dont les jeunes années s'étaient écoulées solitaires dans le fond d'un triste château de province. Je ne savais rien des joies du monde, et pourtant mon cœur avait soif de les connaître... bref, notre commune flamme alluma le flambeau de l'hyménée, et à vous revint le droit de faire mon éducation tout entière.

RAOUL. Et vous n'avez pas à vous plaindre de votre précepteur, ma grande poule.

LA BARONNE. Pas plus que le précepteur ne peut se plaindre de son élève, bichon; cependant, Raoul, si j'étais exigeante, j'aurais peut-être lieu de faire la fâchée... car enfin, voilà deux grands mois que nous sommes à Paris, et nous n'avons pas été une seule fois en société, pas le moindre bal, pas la plus petite soirée... moi qui désirais tant connaître le beau monde de la capitale.

RAOUL. Mais, ma bonne amie, ne vous ai-je pas déjà expliqué les motifs de mon éloignement pour le tourbillon de la folie. Si je vous conduisais dans le monde, vous auriez mille adorateurs... chacun briguerait un regard de vos jolis yeux... un sourire de votre petite bouche... et moi, jaloux comme je le suis, je serais déchiré, torturé, ah! je ferais un malheur... et qui sait? peut-être deux.

LA BARONNE. Ah! oui, je le sais, pour la jalousie, vous êtes un espagnol, un andaloux... pourtant, loulou, il faut que vous me fassiez aujourd'hui une petite concession. Ma cousine, la vicomtesse, va ce soir au bal du consul d'Egypte... elle a obtenu une invitation pour moi, et je veux, cher bon ami, que vous m'y conduisiez.

RAOUL, à part. Diable! et mon rendez-vous. (Haut.) Mais, ma bien aimée, c'est impossible, je n'ai pas de costume.

LA BARONNE. J'ai tout prévu, monsieur, je vous ai fait faire un charmant uniforme de hussard; cela vous pincera... cela dessinera ta jolie taille...

RAOUL, à part. Pas moyen de refuser. (Haut.) Eh bien! chère amie... nous irons à ce bal.

LA BARONNE. Ah! vous êtes à croquer.

RAOUL. A moins cependant que ma migraine ne me reprenne. (A part.) Et elle me reprendra.

LA BARONNE. Pour que la vilaine ne revienne pas, il faut vous distraire, vous amuser; voyons, que pourrions-nous faire?

Air Ces postillons.

Pour commencer, veux-tu que je débute
Par un grand air de l'opéra buffa?
Ou, devant toi, veux-tu que j'exécute
Le fandango, la tendre cachucha?
La cachucha, je le crois, te plaira.
Dis un seul mot, aussitôt je me lance;
Voyons, choisis, ah! tu n'as qu'à parler...
Qu'aimes-tu mieux, du chant ou de la danse?

RAOUL, à part.

J'aime mieux m'en aller.

SCENE X.

LES MÊMES, TOBY.

TOBY. Madame, l'ouvrier, avant de se retirer, demande si vous n'avez rien à faire dire à son bourgeois?

LA BARONNE. Non... qu'il me donne son mémoire... voilà tout... Ah! quelle idée!... dites-lui qu'il attende...

TOBY, sortant. Oui, madame...

SCENE XI.

LES MÊMES, excepté TOBY.

RAOUL. Quel est cet ouvrier, ma bonne amie?

LA BARONNE. C'est un garçon fort amusant, qui, en m'apportant un bouquet, est venu m'annoncer que les réparations à notre maison étaient terminées.

RAOUL. Et pourqnoi lui faites-vous dire d'attendre?

LA BARONNE. C'est qu'il me passe par la tête une charmante espièglerie, qui, j'en suis sûre, mettra votre migraine en déroute pour le reste de la journée... Ah! ah!...

RAOUL. Qu'est-ce donc, chère amie? (A part.) Elle me fait de la peine, parole d'honneur!

LA BARONNE. Je vais inviter cet ouvrier à dîner avec nous... il nous divertira... Et puis, vous ne savez pas, vous passerez pour mon cousin... mon petit cousin... et je lui ferai les yeux doux... les yeux en coulisses... je le subjuguerai... je l'enflammerai... Ah! nous rirons bien, allez... Vous ne serez pas jaloux, monsieur?

RAOUL. Ah! je ne vous en réponds pas; mais je tâcherai... j'essaierai...

LA BARONNE. Je vais de ce pas faire mon invitation à cet homme... Adieu, petit enfant gâté... Oh! le joli joufflu. (Elle lui tape sur les joues.)

Air de l'Ambassadrice.

Ah ! quel plaisir ! ah ! quel bonheur !
Ce jour doit être à l'allégresse ;
L'ouvrier, par sa maladresse
Nous fera rire de bon cœur. (Elle sort par le fond)

SCENE XII.

RAOUL, seul.

Pauvre petite femme ! tu auras beau faire, ma migraine me reviendra ce soir... et plus forte que jamais, car je n'ai nulle envie de manquer mon rendez-vous.

AMANDINE, dans la coulisse. Vous direz à madame que c'est de la part de sa couturière; nous allons l'attendre...

RAOUL. Que vois-je !... mes deux grisettes ensemble ; mais elles se connaissent donc ?

SCENE XIII.

RAOUL, AMANDINE, VIRGINIE.

AMANDINE, à Raoul. Pardon, monsieur... (A part.) Ah ! Oscar...

VIRGINIE. Nous venions... (A part.) Tiens, Léopold !...

RAOUL. Vous veniez... (A part.) Je suis très gêné dans mes bottes...

AMANDINE. Nous venions apporter un costume de bal à madame Raoul de Pinchina. (Bas à Raoul.) N'ayez pas l'air de me connaître.

RAOUL, bas. Très bien !

VIRGINIE. Nous sommes ouvrières chez la couturière de madame. (Bas.) Faites comme si vous ne m'aviez jamais vue. .

RAOUL, à part. A merveille... mes bottes ne me gênent plus...

AMANDINE. Ah ! peut-on savoir à qui nous avons celui de parler ?.. Monsieur est-il de la maison ?

RAOUL. De la maison... si je... je suis parent de madame Raoul, je l'approche même de très près.

VIRGINIE, à part. C'est un homme cossu, je ne m'étais pas trompée.

AMANDINE, à part. C'est du hupé... un gros propriétaire... j'en étais sûre.

RAOUL. Je dîne aujourd'hui avec elle.

AMANDINE. Ah ! monsieur, vous en êtes bien capable...

TOBY, au fond. L'on attend monsieur, pour se mettre à table.

RAOUL. Vous le voyez, mesdemoiselles, il faut que je vous quitte. (A Amandine bas.) A minuit, je serai en pierrot.

AMANDINE, bas. C'est dit... (Saluant.) Monsieur...

RAOUL, de même à Virginie. A deux heures, cette nuit, je serai en arlequin.

VIRGINIE, bas. Convenu... (Saluant.) Monsieur...

ENSEMBLE.

Air : Reine des fous.

RAOUL.	AMANDINE et VIRGINIE.
Je pars, hélas ! mais en ces lieux	Il part, hélas ! mais en ces lieux
Il faut rester toutes deux ;	Il faut rester toutes deux ;
Car la baronne va venir,	Car la baronne va venir,
Je saurai la prévenir.	Il saura la prévenir. (Raoul sort.)

SCÈNE XIV.

AMANDINE, VIRGINIE.

AMANDINE. En voilà un qui a un genre soigné... Quel bon ton !...

VIRGINIE. Oh ça, c'est vrai...

AMANDINE. Ce n'est pas ce monsieur-là, qui, pour ne pas conduire sa maîtresse au bal le Mardi-Gras, lui dirait qu'il pioche toute la nuit... quand, au contraire, son ouvrage est finite depuis le coup de dix heures... Il faut être fumiste pour être aussi noir que ça... il faut s'appeler Chevalier de naissance...

VIRGINIE. Ou bien Lecomte, car ils s'entendent tous les deux, ma chère, ils ont voulu se débarrasser de nous pour faire la cour à d'autres femmes plus calées...

AMANDINE. Pardine !... c'est visible comme le nez au milieu du visage ;

mais soyez donc sage comme une religieuse, refusez donc tous les rendez-vous qu'on vous demande... voilà comme la vertu est récompensée par les hommes!...

VIRGINIE. Nous qui n'avons jamais eu, même la pensée de les tromper.

AMANDINE. Il ne nous reste plus personne pour nous protéger, et nous faire danser... Ah! l'on a bien raison de dire dans la société... en fait d'amants qui n'en a qu'un n'en a pas...

VIRGINIE. Nous ne pourrons cependant pas passer notre Mardi-Gras dans notre lit... ça n'est pas gai...

AMANDINE. Je crois bien, je serais capable d'être somnambule et de galoper toute la nuit avec mon traversin.

VIRGINIE. Et pourtant deux femmes seules...

AMANDINE. Ecoute, je serai ton cavalier...je me déguiserai en homme... en garde national...en grenadier...je te protègerai...

VIRGINIE. C'est cela...

AMANDINE. Nous volons au bal... nos scélérats doivent s'y rendre, et si nous n'avons rien de mieux à faire... ce qui m'étonnerait... nous les pincerons, nous leur ferons des noirs... nous les égratignerons, nous leur ferons une scène horrible...

VIRGINIE. Oh! Dieu!... Allons-nous nous amuser...

AMANDINE. Et pour les faire endéver, nous ne manquerons pas une seule contredanse; je me ferai faire la cour par tous les pierrots...

VIRGINIE. Et moi par tous les arlequins...

Oh! quelle noce!.. l'eau m'en vient à la bouche : c'est si joli le carnaval; je voudrais qu'il n'y eût dans le calendrier que des Mardi-Gras ou des Mi-Carêmes.

Air du Clair de lune.

Qu' c'est délirant,
Entraînant,
Le carnaval, quand on en use!
Qu' c'est délirant!
C'est charmant,
Le carnaval, comme on s'amuse!

On prend
Un costume élégant.
De frais rubans,
De jolis gants;
Pour le paîment,
Souvent,
On met que'qu' chose en plan.
Bientôt on part
A pied, car
C'est trop cher d'aller en voiture;
Derrièr' soi, ce n'est qu'un cri :
A la chian-li:
Comm' c'est nature.
Vite, on s'installe au grand salon;
C'est le rendez-vous du bon ton,
Très mollement
Sur un divan
D' bois blanc.

Mais v'là du bal
Le signal
Qui, tout-à-coup se fait entendre!
Un arlequin,
Un malin,
Un muscadin,
Viennent vous prendre;
Comme on ne peut pas, toutefois,
En contenter trois
A la fois,
Ils s' batt'nt, et du vainqueur,
On accept' la main et le cœur.

Vite, au galop,
Aussitôt,
Sans dir' gare, v'là qu'on s'élance!
On crie, on court,
On parcourt,
Renversant tout, la sall' de danse.
A sauter, à faire du bruit,
A s' trémousser, on pass' la nuit;
Puis, l' matin, on rentre éreinté,
Mouillé, crotté.
Qu' c'est délirant! etc.

VIRGINIE. Ah ça, mais la baronne ne vient pas, il paraît que ça va bien l'appétit.

AMANDINE. Ces grands seigneurs, c'est si sur sa bouche... (On rit au-dehors.) Bon! on entend rire d'ici; Ils sont gais comme des bouvreuils... (On rit au-dehors.) C'est singulier, il me semble reconnaître un organe qui m'est familier.

CHEVALIER, en dehors. A la santé de madame la baronne!

AMANDINE. C'est elle!

VIRGINIE. Qui ça elle?

AMANDINE. La voix de Chevalier.

VIRGINIE, regardant. Pardi! le voilà lui-même en personne qui trinque avec une femme qui me tourne le dos.

AMANDINE. C'est sans doute la maîtresse de la maison?

VIRGINIE. Je ne sais... je ne la connais pas.

AMANDINE. Ni moi non plus, c'est la première fois que je viens ici. (Regardant.) C'est bien lui! Ah! le grand sapajou!

Air du Château perdu.

Entouré d' truff', le voilà bien à table;
Est-il possibl' d'êtr' plus perfid' que ça!
A Chevalier, dans c' moment, j' s'rais capable
D'arracher l' nez, les yeux et cætera.
Quand il m' régal', ce n'est jamais, l'infâme,
Que d' pomm's de terre, et ce soir, je le voi
Manger des truff's avec cette vieille femme;
L'ingrat jamais n'en fit autant pour moi.

SCENE XV.

LES MÊMES, TOBY.

TOBY. Mesdemoiselles, madame sort de table, elle vous prie de passer dans sa chambre à coucher, elle va s'y rendre pour essayer son costume. (Ouvrant la porte à gauche.) Tenez, par ici...

AMANDINE, à part. Je suis furieuse! (Elle entre avec Virginie.)

SCÈNE XVI.

TOBY, RAOUL, LA BARONNE, CHEVALIER.

(Chevalier entre en donnant la main à la Baronne.)

ENSEMBLE. Air : Mazourka nationale.

Ce repas
Est délectable.
J'ai passé vraiment, à table,
L'instant le plus agréable
De mon mardi-gras.

CHEVALIER, à part. En v'là un' farce! la vieille bourgeoise qu'est folle de moi... elle a un coup de soleil!

LA BARONNE, à Raoul. Il m'a serré la main à me faire crier...

RAOUL, bas. Vous le voyez, toute belle, personne ne peut résister à vos charmes... Ai-je tort d'être jaloux?

LA BARONNE. Toby, servez le café...

TOBY. Oui, madame...

LA BARONNE, minaudant. Eh bien! M. Chevalier... êtes-vous fâché d'avoir accepté mon invitation?..

CHEVALIER. Ah ! par exemple ! bien au contraire... vous me voyez transporté, énivré... mais je ne le suis pas seulement de votre vin, énivré... (A part.) Je la pourfends de mes œillades.

LA BARONNE. Cependant, vous avez fait quelques façons pour accepter.

CHEVALIER. Eh bien ! oui, j'en ai fait... parce que un oiseau comme moi, qu'est placé à côté d'une femme superbe, pourvue de beaucoup d'attraits et de naissance... (A part.) Je lui casse le nez de compliments...

RAOUL. Comment donc... mais un brave ouvrier n'est déplacé nulle part, et puis d'ailleurs à table... le marquis et l'homme du peuple marchent... c'est-à-dire, mangent de pair...

CHEVALIER. Le gros cousin a raison... les estomacs sont égaux devant la Charte...

Air du Premier prix.

Au marquis, faut de la bécasse,
Un pot d' crême, un peu d'épinard ;
Un bon ouvrier se repasse
Un plat de choux avec du lard...
Et puis tous les deux ils digèrent.
D'après ça, l'on doit convenir,
Qu' les estomacs seul'ment diffèrent
Par la manièr' de s'en servir.

TOBY. Madame est servie.

LA BARONNE. Versez le café.

CHEVALIER, allant à la table du fond. Est-il chaud ? ah ! oui, il fume comme une gueule de loup...

LA BARONNE, à son mari sur le devant de la scène. Eh bien ! Raoul, ai-je bien joué mon rôle d'amoureuse ?

RAOUL. Vous l'avez joué comme une jeune première qui aurait cinquante ans de service.

CHEVALIER, à Toby. Dis donc, farceur, les morceaux de sucre sont bien petits dans ton établissement...

LA BARONNE, à Raoul. Dieux ! avez-vous ri ! vous êtes-vous amusé à table !..

RAOUL, riant. Ah ! ça, c'est vrai !

LA BARONNE. Je suis bien sûre à présent, que votre vilaine migraine ne reviendra plus.

RAOUL. Eh bien ! ma bonne amie, chose étonnante, c'est tout le contraire... j'ai tant ri... les fibres de ma mâchoire ont été si violemment tendus, que ça me répond dans la racine des cheveux... enfin, dans ce moment-ci, j'ai un mal de tête atroce... Dieu ! que je souffre !..

LA BARONNE. Ah ! mon Dieu ! j'ai bien réussi... pauvre cher ami... (Toby apporte des tasses à Raoul et à sa femme, Chevalier reste au fond.) Raoul, le café te fera du bien... prends-le vite...

RAOUL. Je suis convaincu qu'il ne me fera rien du tout.

LA BARONNE. Mais nous ne pourrons donc pas aller au bal du consul...

RAOUL. Au bal... oh ! pour moi, ça m'est bien impossible... oh ! oh ! les nerfs...

CHEVALIER, à Toby, qui est dans l'antichambre. Garçon, de l'eau-de-vie !

(Toby apporte un carafon.)

LA BARONNE. Eh bien ! tout bon, c'est un petit malheur... j'immole mon plaisir à votre chère santé.

RAOUL, à part. Enfin...

LA BARONNE. Je passerai la nuit auprès de vous, je vous veillerai, je vous câlinerai, je vous dorloterai...

RAOUL, à part. Ah ! diable ! ça ne ferait pas mon compte... (Haut.) Non, ma tendre amie, je vous défends de vous fatiguer... je veux que vous ayez plus de soin de vous, de votre teint.

LA BARONNE. Je ne vous écoute pas, monsieur.

CHEVALIER. Garçon ! un verre de rhum !

RAOUL. Mais pourquoi ne pas aller à ce bal qui vous fait tant d'envie ?..

LA BARONNE. Toute seule... y pensez-vous ?

RAOUL. Vous y retrouverez la vicomtesse et son mari...

LA BARONNE. Mais mon entrée... puis-je la faire sans cavalier... ah ! ce serait de la dernière inconvenance...

RAOUL. Ah! quelle idée! l'excellente bouffonnerie... si vous emmeniez avec vous... notre ouvrier.

CHEVALIER. Garçon! un verre de kirsch!

LA BARONNE. Par exemple!

RAOUL. Il ne vous faut qu'un cavalier qui vous donne la main en entrant dans le bal... il prendra mon costume, il se masquera, et comme personne ne me connaît, on pourra très bien croire que c'est votre mari qui est avec vous.

LA BARONNE. Mais s'il fait quelque gaucherie...

RAOUL. Vous le perdrez dans la foule... et puis, n'est-ce pas une fête... populaire que donne votre consul... notre ouvrier sera là très bien à sa place... il jouera son rôle à merveille.

LA BARONNE. Moi qui aime tant danser... si c'était possible...

RAOUL. Certainement, je vais arranger cela. (Haut.) M. Chevalier!

CHEVALIER. Présent! voilà, voilà, gros cousin.

RAOUL. Madame est tellement enchantée de votre société, qu'elle désire passer la nuit avec vous.

CHEVALIER. Hein? passer la nuit avec moi? (A part.) Voilà qui est inquiétant.

RAOUL. Et elle vous prie de l'accompagner au bal du consul d'Egypte, où elle est invitée...

CHEVALIER, à part. C'est moins dangereux que je ne croyais. (Haut.) Comment, baronne... vous voulez...

LA BARONNE. Oui, M. Chevalier... acceptez-vous?

CHEVALIER. Une politesse en vaut une autre... j'accepte. Mais, à propos, je n'ai pas de costume... et si vous vouliez m'en offrir un... J'adore les polichinelles et les Grecs...

RAOUL. Toby vous apportera de quoi vous costumer... attendez ici quelques instants...

CHEVALIER, à part. Un bal chez le premier consul! excusez que j'allume ma pipe...

RAOUL, à part. Enfin, me voilà libre!

LA BARONNE. Je vais à ma toilette.

RAOUL. Et moi, je vais me coucher.

LA BARONNE. Adieu, minet.

RAOUL. Bonsoir, mon chat. Ah! Toby, vous retiendrez un fiacre.

TOBY. Oui, monsieur.

ENSEMBLE.

AIR de la Cachucha de M. Hormille.

Costumons-nous ; l'heure du bal s'avance,
Chacun de nous doit prendre ses ébats.
Demain, hélas! est jour de pénitence ;
Passons gaîment la nuit du mardi-gras.
Loin de nous l'ennui, la tristesse,
Et fixons le plaisir qui fuit ;
A défaut d'un jour d'allégresse,
Nous aurons au moins une nuit.

REPRISE.

(La baronne entre à gauche, Raoul à droite, et Toby sort par le fond.)

SCENE XVII.

CHEVALIER, seul.

Ah çà! c'est donc une glu que ma figure... une véritable glu... comment, je n'ai qu'à montrer mon nez aquilin à la vieille bourgeoise, et v'là qu'elle est prise tout de suite... c'est qu'il paraît que ça tient ferme... car pendant le dîner, elle m'a lâché des mots de mariage, d'hyménée... elle a p't'être le physique un peu lezardé... mais bath! elle a des maisons qui ne le sont pas... et c'est le principal... je lui acorde ma main... y a assez long-temps que j' ramonne les cheminées des autres, j' s'rais pas faché de ramonner un peu les miennes.

SCENE XVIII.

LECOMTE, CHEVALIER.

LECOMTE. Ah çà! dis donc, toi, que signifie votre conduite... comment, on t'attend, et tu ne viens pas... tu forces les amis à consommer au-delà de leurs moyens... est-ce que tu aurais voulu nous laisser en plan?

CHEVALIER. Lecomte, tu n'as jamais porté que des souliers inondés de paillettes de fer... je veux te faire cadeau d'une paire de bottes cirées à l'anglaise... en veux-tu à l'écuyère? tu n'as qu'à parler...

LECOMTE. Ah ça! est-ce qu'il est toqué? mais tu as donc consommé trop de spiritueux... malheureux!

CHEVALIER. Le liquide n'y est pour rien... ce qui m'arrive est historique, vrai comme une et une... font plus d'une... Lecomte, je vais nager dans des flots d'écus de cinq balles, et je vais pouvoir me mettre des papillottes avec des billets de banque... fin finale, j'épouse la baronne de Pinchina.

LECOMTE. Tu l'épouses? toi?

CHEVALIER. Et pour commencer, je la conduis ce soir au bal du consul d'Egypte, à qui qu'elle va me présenter... Je suis lancé... je ne t'oublierai pas, Lecomte... je te protégerai, tu remettras les carreaux de mes maisons!

LECOMTE. Mais, cornichon, on t'enfonce! tu es la victime d'une farce, d'une calembredaine, tranchons le mot on se fiche de toi... la baronne est mariée.

CHEVALIER. Elle est mariée...

LECOMTE. Parbleu! je connais son mari.

CHEVALIER. Tu le connais?

LECOMTE. Aussi bien que sa femme... Tiens, voici le portrait des deux époux.

Air : Un homme, pour faire un tableau.

Sur son mari, par sa hauteur,
La femme l'emporte, je pense;
Mais chez l'époux, par la largeur,
Heureusement, ça se compense.
Quand ce monsieur, fait en tonneau,
Auprès de sa femme se risque,
On croirait voir le château-d'eau
Donnant le bras à l'obélisque.

CHEVALIER. Ta peinture m'ouvre l'œil... mais alors je l'ai vu le mari, le château d'eau de mari... c'était le gros cousin... il répond au nom de Ragoût.

LECOMTE. Non, Raoul.

CHEVALIER. C'est clair à c't'heure... ils m'ont traité en Jocrisse, en m'lon, en topinambourg... Je suis furieux! j'ai envie de taper sur quelqu'un... ah! si tu n'étais pas mon ami...

LECOMTE. Chevalier, la vengeance est le plaisir des dieux...

CHEVALIER. Et des fumistes... Oui, je veux me venger... une politesse en vaut une autre...

LECOMTE. Eh bien! tu le seras! il me pousse une idée fantastique... burlesque... biscornue...

CHEVALIER. Dis toujours, le nombre des cornes n'y fait rien.

LECOMTE. Motus... v'là le fiacre qui vient vous chercher... va t'habiller et laisse-moi faire.

CHEVALIER. Ça va... vengeance!

LECOMTE, croisant sa main sur celle de Chevalier. Vengeance!

CHEVALIER, regardant l'appartement de la baronne. Grande monteuse de couleurs... va! (Le rideau baisse.)

ACTE II.

Le théâtre représente une salle au rez-de-chaussée du Coq-Hardi. — Porte au fond; portes latérales.

SCENE I.

UN GARÇON, puis RAOUL, en pierrot et couvert d'un paletot.

LE GARÇON, entrant par la gauche. Ah ça, vous autres, disposez tout dans le salon neuf. (En scène.) C'est qu'il n'y a pas de temps à perdre, minuit va.

sonner, et c'est l'heure où la foule arrive... Ah! v'là déjà un chaland. (A Raoul qui entre.) Par ici, monsieur, par ici.

RAOUL. C'est bien chez ce traiteur que mes deux charmantes ingénues m'ont donné rendez-vous... Diable! mais c'est fort propre ici ...

LE GARÇON. N'est-ce pas, monsieur?... Mais ce n'est rien que cela... Tenez, regardez de ce côté.

RAOUL. En effet... c'est magnifique!

LE GARÇON. Oh! le bourgeois n'a pas épargné les gros sous... comme il a dit à l'architecte : « Cette salle provisoire que je fais construire dans mon jardin est destinée à la bonne société qui vient passer les jours gras à la Courtille; je veux qu'elle soit digne d'elle. »

RAOUL. C'est donc ça que pour venir ici je n'ai pas été obligé de passer par la cuisine, comme c'est la coutume dans les établissements de ce genre.

LE GARÇON. Précisément, monsieur a encore voulu qu'il y eût deux entrées, l'une pour ses pratiques habituelles, et l'autre pour la bonne société, afin de ne pas mêler les torchons avec les serviettes.

RAOUL, à part. Ce garçon est très bavard. (Haut.) Dis-moi, mon ami?...

LE GARÇON, l'interrompant. Monsieur, Savez-vous pourquoi le bourgeois a fait décorer sa salle de danse en palais aérien?

RAOUL. Ma foi non...

LE GARÇON. C'est qu'il a pensé que ça donnerait aux danseurs l'envie de s'enlever.

RAOUL, à part. Ce garçon est assommant. (Haut.) Je voulais te demander...

LE GARÇON. Et ce petit salon, Savez-vous pourquoi il est peint en coutil?...

RAOUL. Qu'est-ce que ça me fait à moi?..

LE GARÇON. C'est, selon le bourgeois, afin qu'en attendant, les danseurs soient dans la tente.

RAOUL. Il paraît que ton bourgeois est très spirituel?

LE GARÇON. Je crois bien, monsieur, il en est farci d'esprit; c'est pour ça qu'il est caporal dans les voltigeurs.

RAOUL, As-tu fini?..

LE GARÇON. Oui, monsieur...

RAOUL. Eh bien! alors, dis-moi... Peux-tu me procurer pour toute la nuit un cabinet qui soit à moi seul?

LE GARÇON. Certainement, je peux vous le donner en payant.

RAOUL. Bien entendu!..

LE GARÇON, ouvrant une porte. Tenez, v'là votre affaire...

RAOUL. C'est bien! (A part.) Allons déposer mon paquet et achever ma toilette de pierrot.

LE GARÇON. Monsieur soupera-t-il dans son cabinet?

RAOUL. Oui... j'y souperai même deux fois, et chaque fois deux couverts.

LE GARÇON. Compris... compris... Monsieur est un gaillard.

RAOUL. J'en ai la prétention. (Il sort par la droite.)

LE GARÇON. Ah! v'là des masques qui arrivent.

SCENE II.

LECOMTE ET SES AMIS déguisés.

CHOEUR. Air du Fidèle berger.

Amusons-nous, faisons la noce;
Que chacun se flanque une bosse.
Vivent l'amour et le verjus!
Volons de Cythère à Bacchus!

LECOMTE, montant sur une chaise. Ouvriers du bâtiment et autres... Vous avez tous appris, avec indignation, la mystification dont Chevalier a été gratifié par la grande dame majeure à qui il avait porté son bouquet. Je vous ai promis de faire tourner la farce contre la grande dame susdite : le moment est venu de vous dérouler mon projet.

TOUS. Nous écoutons.

LECOMTE. Il est bien entendu que la chose se fera gentiment, et avec les égards que des ouvriers français doivent au sexe, quelle que soit la couleur de ses cheveux.

TOUS. C'est juste.

LECOMTE. L'affaire est en bon train... un sapin était chargé de trimballer Chevalier avec la grande dame, chez le consul de n'importe quoi... Apprenez que j'ai corrompu le cocher à prix d'or... trente sous et deux canons... protégé par un brouillard à couper au couteau, le phaéton est en ce moment en route pour la Courtille.

TOUS. Bravo!

LECOMTE. Vous avez deviné que le consul ce sera moi... que ma salle de bal sera le salon neuf du traiteur, et que vous devenez tous des princes des cours étrangères.

TOUS. Bravo!

LECOMTE. Ainsi, en avant les manières flambantes... Un fiacre s'arrête devant la porte... C'est la baronne! Faisons-lui une grande entrée.

CHOEUR. Air : Vivent les pompiers.

Rois, ambassadeurs,
Chinois, empereurs,
Criez tous : Voilà
Madame Pinchina!

SCÈNE III.

LES MÊMES, LA BARONNE, CHEVALIER, déguisés.

CHEVALIER, à part. V'là les amis... je comprends la malice. (Haut.) Messieurs, je vous remercie de la réception soignée que vous faites à ma belle camarade.

LA BARONNE, bas à Chevalier. Taisez-vous! (A part.) Ce garçon va me compromettre.

LECOMTE. Madame, il est flatteur pour moi, de recevoir dans mon hôtel une dame aussi distinguée par l'éclat de sa naissance que par l'éclat de ses cheveux. (A part.) Quel vieux meuble!

LA BARONNE, faisant la révérence. Monsieur le consul, tout l'honneur est pour moi. (A part.) Il est très galant pour un Egyptien.

CHEVALIER. Consul, ceux qui vous ont éduqué ne vous ont pas volé votre argent.

LA BARONNE, bas. Silence!

LECOMTE. Permettez-moi, madame, de vous présenter la crême de ma société...

LA BARONNE. Ils ne sont pas tous très beaux.

CHEVALIER. C'est vrai; il y a du laid dans sa crême!

LE COMTE, présentant un ouvrier par la main. L'ambassadeur de Hollande. (La baronne fait la révérence.)

CHEVALIER, à part. C'est Fripouillot, le marchand de fromages.

LECOMTE, présentant le second ouvrier déguisé en cosaque. M. le comte de Catakouski.

CHEVALIER. Le comte de Cata...quoi?

LA BARONNE, bas. Silence donc!

LECOMTE. De Catakouski, ambassadeur de toutes les Russie.

LA BARONNE, faisant la révérence. Monsieur, je me félicite...

LECOMTE, présentant un ouvrier très gros, déguisé en Grec. Monsieur le représentant de la Grèce.

LA BARONNE, saluant. Monsieur, la Grèce est très bien représentée.

CHEVALIER, à part. C'est le rôtisseur du coin.

LECOMTE, présentant un autre ouvrier. Monsieur l'envoyé du prince de Monaco. (La baronne salue.)

CHEVALIER. Il doit y avoir beaucoup de gibier dans le pays de monsieur.

LA BARONNE, bas à Chevalier. Vous tairez-vous, buse!

LECOMTE. Pourquoi donc?

CHEVALIER. C'est qu'on dit toujours (Chantant.) A la Monaco l'on chasse... (On rit.)

LA BARONNE, à part. Cet homme me met au supplice.

Air : Il faut avoir perdu l'esprit.

LECOMTE.

Je vous présente un chancelier.

LA BARONNE.

De grands seigneurs, quelle cohorte!

LECOMTE.

Voici l'envoyé de la Porte.

CHEVALIER, à part.

Je crois bien, c'est notre portier.

LECOMTE.

Celui-ci...

LA BARONNE, bas.

Grands Dieux, quelle mine!

LECOMTE.

C'est le roi de... je ne sais où.

CHEVALIER, à part.

On reconnaît à sa débine
Que son royaum' n'est pas l' Pérou.

LA BARONNE, Messieurs, vous me voyez confuse de l'honneur que vous me faites; je n'oublierai jamais l'accueil que j'ai reçu d'une aussi noble assemblée. (Prélude d'orchestre.)

LECOMTE. Madame la baronne, l'orchestre nous appelle dans la salle du bal; aurai-je l'honneur de danser avec vous la première contre-danse?

LA BARONNE, Avec grand plaisir, monsieur.

CHEVALIER. Consul, je vous confie madame; mais soyez gentil; rendez-la moi dans l'état où je vous la donne.

LA BARONNE, à part. Cet être-là me fera mourir!... Ah! pourquoi l'ai-je amené ici?

REPRISE.

Rois, ambassadeurs, etc.

SCENE IV.

CHEVALIER, seul.

Allons, ça marche, ça marche, la grande bourgeoise a donné dedans tête baissée, tant qu'il n'y aura pas beaucoup de monde, elle ne se doutera de rien; mais c'est sur le coup de deux heures, au moment de la grande chahute-chat, qu'elle découvrira la mèche... Oh! alors, je lui dirai : Grande dame, vous vouliez m'amener chez un ambassadeur ousque j'aurais été déplacé; moi, je vous ai conduite à la Courtille, ousque vous ne pouvez pas l'être, vu que la beauté n'est déplacée nulle part... Le compliment la flattera, on boira un verre de vin, avec un doigt de gibelotte, et tout sera dit... Et c'te pauvre Amandine qui croit que je travaille, tandis que je jouis de la vie!.. car j'en jouis de la vie!.. elle est est couchée... Pauvre chatte! tu dors... tu rêves de moi... de ton joli fumiste... tu me vois peut-être en songe au haut d'une cheminée, ou dans un tuyau de poële.

AMANDINE, dans la coulisse. Par ici!.. par ici!..

CHEVALIER. Qu'est-ce que c'est que cette voix-ci? (Regardant à gauche.) Je ne me trompe pas, c'est ma passion en tambour... elle ici... moi qui parlais de cheminée, en v'là une qui me tombe sur la tête... voyons-la venir. (Il se retire à l'écart.)

SCENE V.

CHEVALIER, AMANDINE, en tambour, VIRGINIE, OUVRIÈRES, sous divers costumes.

LES FEMMES.

Air de l'If de Croissey.

Le plaisir nous invite,
Hâtons-nous d'accourir;
Souvent il prend la fuite
Quand on veut le saisir.

AMANDINE. Halte!.. front!.. rompez les rangs.

CHEVALIER, à part. Elle commande comme un officier de la garde nationale... Cette femme est douée de tous les talents.

AMANDINE. Nous y voilà enfin... je bouillais d'être ici.

CHEVALIER, à part. Qu'apercevois-je?.. Virginie, l'objet de Lecomte, en sauvage!

VIRGINIE. Je ne veux pas manquer une contredanse.

AMANDINE. Ni moi... Au bal!

TOUTES. Au bal!.. au bal!..

CHEVALIER, leur barrant le passage. Halte-là!.. vous n'entrerez là-dedans qu'après avoir marché sur mon cadavre.

TOUTES. Chevalier!..

CHEVALIER. Oui, Chevalier... dont la figure doit vous faire peur.

VIRGINIE, à part. Il est assez laid pour ça!

AMANDINE, riant. Oh! c'costume! bel housard! Est-ce qu'on t'a pris mesure sur une borne?..

CHEVALIER. Ne détournons pas la conversation... Mon costume est vaste, c'est vrai, mais je ne le perdrai pas, il est tenu par les bretelles dont vous me fîtes présent pour mes étrennes... Oh! Amandine! quand je les acceptai, vos cahoutchoux, je ne savais pas que la main qui me les offrait tenait à un cœur aussi girouette que le vôtre.

AMANDINE. Qu'est-ce que c'est, fumiste?.. des soupçons?..

CHEVALIER. Vous appelez ça des soupçons.

Air de Turenne.

Dans votr' lit, comme une honnêt' fille,
Quand j' vous crois, rêvant d' notre amour,
V'là que j' vous trouve à la Courtille,
Et dans un costum' de tambour,
Qui d' vos form's dessin' le contour.
Ah! vous m' causez des peines bien cruelles,
Car j' m'aperçois avec douleur...

AMANDINE.

De quoi donc?

CHEVALIER.

Qu' vous avez un cœur
Plus élastiqu' que vos bretelles.

AMANDINE. Qu'appelez-vous élastique? mon cœur n'est pas en cahoutchoux, entendez-vous, poëlier? jamais personne n'a joué à la balle avec. Mais avant de m'apostropher, vous n'avez donc pas fouillé dans votre conscience?

CHEVALIER. Ma conscience est nette comme mon gousset

VIRGINIE. Votre conscience est noire comme vos tuyaux de poëles.

CHEVALIER. Ah! vous vous mettez à deux contre moi... Eh bien! je ne me laisserai pas intimider, vous avez tort et j'ai raison; les hommes ont toujours raison... et je suis un homme.

AMANDINE. Vous n'êtes pas un homme.

CHEVALIER. Qu'est-ce que je suis donc?

AMANDINE. Vous n'êtes qu'un polisson.

CHEVALIER. Polisson!.. Jeune homme vous êtes bien heureux d'être une femme... car, vous le savez, une politesse en vaut une autre, et... Oh! je rage!

AMANDINE, riant. Comment, ramoneur, c'est votre état d'empêcher la fumée, et vous fumez vous-même!

CHEVALIER. Assez, femme-tapin! ou je ne te gratifie pas de mon nom.

AMANDINE. Comme ça se trouve... moi qui ne veux plus de vous.

CHEVALIER. Ah! c'est comme ça! eh bien! j'en épouserai une autre... vingt-cinq autres à la fois... pour te faire enrager... je serai mauvais sujet... gueux, gueux... je danserai avec toutes les femmes... Qu'est-ce qui veut danser avec moi?

VIRGINIE, à un turc qui entre. Turc, tu cherches une danseuse, voilà une dame en hussard qui galope parfaitement.

CHEVALIER, repoussant le turc. Je ne veux pas galoper avec un homme.

AMANDINE. M. le turc, je vous la confie, c'est ma petite sœur...

CHEVALIER. Comment, sa sœur...

ENSEMBLE. Air du Malapou.

A l'instant, il faut partir,
Pour aller nous divertir;

Car le signal du plaisir
Vient nous avertir.

AMANDINE.

Charmant turc, avec madame,
Au bal il faut arriver.

CHEVALIER, se débattant.

Je ne suis pas une femme,
Je vais le prouver.

REPRISE.

Non, je ne veux pas partir, etc.

(Le turc entraîne Chevalier en galopant; des masques invitent les ouvrières, qui sortent en reprenant le chœur.)

SCENE VI.

AMANDINE, VIRGINIE.

AMANDINE. Ah! ah! nous en voilà débarrassées... je n'en suis pas fâchée.

VIRGINIE. Ni moi non plus... bien sûr que mon flandrin de Lecomte est venu ici avec lui... qu'il ne me parle pas, ou je le rembrare de la bonne manière.

AMANDINE. C'est ça, secoue-le, ma chère... ah! ces petits messieurs, ils croient que l'on a besoin d'eux pour s'amuser.

VIRGINIE. Et on leur prouvera qu'ils se trompent.

AMANDINE. Et pas plus tard que cette nuit.

VIRGINIE. Et pas plus loin qu'ici même.

AMANDINE. Hein?

VIRGINIE. Qu'est-ce que tu dis?

AMANDINE. Je dis qu'on peut rencontrer un jeune homme comme il faut... quand on a des mœurs...

VIRGINIE. Avec des gants beurre frais.

AMANDINE. Un paletôt et des breloques.

VIRGINIE. Qui vous trouve gentille...

AMANDINE. Et qui vous demande un rendez-vous.

VIRGINIE. Tiens! c'est ce qui m'est arrivé dans une Favorite.

AMANDINE. Et moi dans une Hirondelle.

VIRGINIE. Mon Léopold doit venir ici en petit arlequin.

AMANDINE. Et mon Oscar en pierrot, avec un gros faux nez. Ah! si tu savais les belles promesses qu'il m'a faites!

VIRGINIE. Et le mien donc! un feutre gris avec une petite plume, des bas de fil d'Ecosse.

AMANDINE. Des meubles en acajou, des pantoufles fourrées, et des billets à vingt sous...

VIRGINIE. Et pardessus tout ça, un mariage pour de vrai.

AMANDINE. Devant M. le maire et ses illustres adjoints... nous allons devenir des femmes hupées à grand tra la la.

VIRGINIE. Nous prouverons à nos amoureux que nous savons prendre les belles manières.

AMANDINE. Comme si c'était malin, quand on a des mœurs.

Air: Me voilà donc simple fillette.

Que l'homm' riche à qui j'ai su plaire,
Me fass' grand' dame, et tu verras
Si, comme une autre, je sais faire
La petit' bouche et les beaux bras.

D'abord, j'aime avec ivresse
Mon singe et sa gentillesse.
Je mange azor de caresse,
Et mon perroquet chéri.
Tout's les bêt's ont ma tendresse,
Tout's, excepté mon mari!

A dîner, si l'on m'invite,
Je n' mang' pas, j'ai ma gastrite;
Mais je dévore, en rentrant,

Un poulet fort conséquent.
Au spectacle il faut que j'aille ;
Par bon ton, toujours j'y bâille,
Et j' dis : Dieux, qu' c'est embêtant !

A cett' brillante manière,
Qui r'connaîtrait l'ouvrière?
Quand on verra ma poussière,
De moi, chacun, en tous lieux,
Dira : c' n'est pas d' la p'tit' bière !
Ah ! c'est du genre mousseux !
Je n' suis pas de la p'tit' bière,
Je suis du genre mousseux !

La porte s'ouvre, je vois du blanc, c'est mon amour de pierrot... voici le moment de m'appuyer sur ma vertu... Laisse-moi seule avec lui.

VIRGINIE. Je vais à la recherche de mon amour d'arlequin... (Elle sort.)

AMANDINE. Le voilà ! n'ayons pas l'air...

SCENE VII.

AMANDINE, RAOUL.

RAOUL, à part. C'est ma déesse, accostons-là... (Il se heurtent.)

AMANDINE. Son nez m'a donné dans l'œil.

RAOUL. Tu as l'air de chercher quelque chose, joli tambour...

AMANDINE. Il se peut, aimable pierrot.

RAOUL. Connaîtrais-tu une beauté du nom d'Amandine ?

AMANDINE. Aurais-tu rencontré un élégant jeune homme du nom d'Oscar ?

RAOUL, ôtant son nez. Voici.

AMANDINE. Présent. (A part.) C'est drôle, il est plus joli garçon avec son faux nez.

RAOUL. Enfin, je suis auprès de toi, ô mon Amandine ! quel moment plein de volupté ! car tu le sais, cruelle, tes yeux ont fait de mon cœur un horrible volcan ; auprès de lui, le Vésuve n'est qu'un feu de cheminée... (Il veut lui prendre la taille.)

AMANDINE. A bas les pattes, ou je tape... Ma vertu ne permet que les propos tranquilles et modérés... et à la moindre évolution de contrebande, le tapin perforera le sein du pékin, qui jouera des mains... (Elle lui pousse une botte.)

RAOUL. Oh ! elle est ravissante ! eh bien ! je t'obéirai, tambour pudibonde, je mets un frein à mes sensations anacréontiques... et je jure de ne te manger... que des yeux.

AMANDINE. Si vous n'aviez jamais mangé que comme cela, je crois que vous ne seriez pas aussi bien portant...

RAOUL. Tu me trouves bien portant, Amandine... mais depuis que je te connais, je me fane, je m'étiole, j'ai bien maigri.

AMANDINE. Alors, vous étiez donc gros comme l'éléphant de la Bastille?

RAOUL. Ah ! tu me flattes.

AMANDINE. Mais comme on dit, il n'y a pas de belle peau sur les os, et j'aime mieux un chapon gras qu'un poulet étique.

RAOUL. O aveu plein de charmes ! chère Amandine, ton cœur vient de se dévoiler par cette métaphore de basse-cour... tu m'aimes, je suis aimé ! Te souviens-tu, Amandine, quel froid il faisait le soir où je te rencontrai dans l'hirondelle...

AMANDINE. Je crois bien, le canal était pris.

RAOUL. Et mon cœur aussi...

Air : T'en souviens-tu.

Te souviens-t-il de cette nuit si belle?
Nuit de gelée, où, brûlant et transi,
Je te jurais une flamme éternelle,
Tu rougissais...

AMANDINE.

Et votre nez aussi !

RAOUL.
Je t'envoyais, de ma bouche brûlante,
Mille baisers, pour la première fois.
AMANDINE.
Et moi, j' croyais, tant je suis innocente,
Que vous soufflliez dans vos doigts.

AMANDINE. Mais il ne s'agit pas de cela pour le quart-d'heure... parlons peu, mais parlons bien... A quand la noce?

RAOUL. La noce... c'est précisément ce que j'allais te demander... ça m'irait assez la noce.

AMANDINE. Ce n'est pas que je sois pressée, mais j'aime mieux que le mariage se fasse tout de suite.

RAOUL. Ton impatience me charme... mais dans cet endroit que la foule va tout à l'heure envahir, nous ne pouvons guère causer de choses qui intéressent notre vie tout entiere... et si tu voulais, nous pourrions en soupant tête à tête...

AMANDINE. Un cabinet particulier? pas de ça, Lisette! les cabinets particuliers et moi n'ont jamais passé par la même porte.

RAOUL. Et qui te parle de cabinet particulier, cher ange? nous prendrons un petit salon, pourvu que nous soyons seuls, voilà l'essentiel.

AMANDINE. Ah! c'est différent! je veux bien être seule avec vous dans un petit salon, mais dans un cabinet particulier, jamais! jamais!

RAOUL. O des vertus, parfait modèle! je vais commander le souper. (Appelant.) Garçon!

AMANDINE. Minute! j'ai pas encore faim... et puis avant, faut que je danse, que je fasse voir mon costume dans le bal.

RAOUL. C'est juste... Allons danser.

AMANDINE. Surtout, je vous invite à n'exécuter devant moi aucune danse défendue par la police.

RAOUL. Sois tranquille.

ENSEMBLE.

Air du Prodige de la chimie.

AMANDINE.	RAOUL.
Au salon, à l'instant, je m'élance,	Au salon, comme toi, je m'élance;
Car j'entends le signal de la danse.	Car c'est bien le signal de la danse.
Ne dansez pas contre l'ordonnance,	Je saurai respecter l'ordonnance,
Respectez mon honneur,	Ainsi que ton honneur,
Ma pudeur.	Ta pudeur.

SCENE VIII.

LES MÊMES, LA BARONNE.

LA BARONNE. Que vois-je!

RAOUL, à part. Ma femme à la Courtille!

LA BARONNE. Vous ici, mon ami?

AMANDINE, à part. Son ami...

RAOUL. Que lui dire?

LA BARONNE. Eh bien! vous ne répondez pas, vous restez coi... cher bon, votre mal de tête s'est donc dissipé...

RAOUL. Oui... je crois que oui... après votre départ, je me suis senti beaucoup mieux...

AMANDINE, à part. Le pierrot bat de l'aile, ce n'est pas clair...

LA BARONNE. Et vous êtes venu me rejoindre... ah! que c'est gentil...

RAOUL, à part. La rejoindre... à la Courtille... je m'y perds.

AMANDINE, bas. Monsieur, quel est ce devant de cheminée?

RAOUL, bas. C'est... c'est ma tante...

AMANDINE, à part. Dans ce fait, elle a le physique de l'emploi,

LA BARONNE. Mais ne croyez pas que je sois tout-à-fait votre dupe, je sais pourquoi vous n'avez pas voulu m'accompagner au bal du consul.

RAOUL, à part. Aïe! aïe!.. je devine... elle m'a fait suivre...

LA BARONNE. Fi, monsieur, fi que c'est mal... ah! le vilain laid!

RAOUL. J'avoue que les apparences sont peut-être... cependant...

LA BARONNE. Faire le malade, m'inquiéter sur votre santé... et tout cela afin de pouvoir venir me surveiller... m'espionner...

AMANDINE, à part. L'espionner?

LA BARONNE, minaudant. Ah! Raoul, c'est affreux! c'est horrible d'être jaloux comme ça de votre pauvre petite femme.

AMANDINE, à part. Il était marié, le grotesque! allons monter la tête à Chevalier... Vous me le paierez, gros drôle. (Elle le pince et sort.)

RAOUL, à part. Je suis pincé!

SCÈNE IX.

RAOUL, LA BARONNE.

LA BARONNE. Vous voilà tout honteux... mais au fait, l'on n'est jaloux que de ce que l'on aime... Voyons, je vous pardonne... venez m'embrasser, petit Othello.

RAOUL, à part. Je vous demande un peu si je ressemble au maure de Venise...

LA BARONNE. Eh bien! vous n'osez pas?

RAOUL. Puisque vous le permettez...

LA BARONNE. Prenez garde à mes mouches. (Il l'embrasse.) Vraiment, je suis trop bonne! Mais vous ne faites que d'arriver, tout bon... oh! moi, je suis enchantée d'être venue à ce bal... le consul m'a fait une réception magnifique.

RAOUL, étonné. Hein? le consul...

LA BARONNE. Oui, oui, il m'a présenté tout le corps diplomatique.

RAOUL. Ah! il vous a présenté tout le corps... (A part.) Voudrait-elle se moquer de moi?

LA BARONNE. Je viens de danser avec l'ambassadeur de Russie.

RAOUL. Vous êtes bien sûr que c'était...

LA BARONNE. Certainement... le comte Catarousti. (Riant.) Par exemple, il faut être prévenue d'avance pour reconnaître dans ces étrangers des personnages de distinction... ils se donnent tant de mal, ils font tant de petites contorsions pour tâcher de danser à la française, qu'on les prendrait plutôt pour des hommes du peuple, que pour des gens bien nés...

RAOUL, à part. Ah çà! elle est donc de bonne foi!

LA BARONNE. Mais c'est égal, je les trouve charmants, je suis invitée pour dix-sept contredanses... Ah! si j'étais bien sûre d'avoir du succès dans le grand monde... il ne s'agissait pour moi que d'être en vue... nous autres femmes, nous ressemblons aux fleurs.

Air de la Robe et les bottes.

Toujours les fleurs, dans un parterre,
Renaissent aux rayons du jour.
Aux femmes il faut la lumière,
Pour qu'elles brillent à leur tour.
Fleur et beauté c'est même chose,
Le sort de chacune est pareil;
Et je suis le bouton de rose
Qui s'épanouit au soleil. (bis.)

SCÈNE X.

LES MÊMES, UN TURC.

LE TURC, à la Baronne. Madame...

LA BARONNE. Monseigneur, je suis à vous. (Bas à Raoul.) C'est Osman, pacha, l'ambassadeur de la Porte.

RAOUL, à part. Ah! c'est trop fort! (Haut.) Ma bonne amie, je ne suis pas dans mon assiette, et si vous le voulez, nous rentrerons tout de suite à l'hôtel.

LA BARONNE. Mais vous voyez bien que je ne le puis pas, méchant tigre. Voyons, venez me voir danser, jaloux, ça vous tranquillisera. (Au turc.) Monseigneur...

Air: Le joli repas!

Ah! le joli bal!
Vraiment, le carnaval
C'est l'existence.
Le jour fera fuir
Notre plaisir;
Volons vite à la danse!

Pour des mameluks,
Chinois ou turcs,
Jamais mon âme
Ne se troublera !
Bichon, mon cœur te restera.
Va, quitte au plus tôt
L'air d'Othello,
Crois que ta femme
Se dira toujours :
Le pierrot seul a mes amours.

REPRISE.

(Elle sort en galopant avec le turc.)

SCENE XI.

RAOUL, seul.

La suivre! je m'en garderai bien... le petit tambour serait capable de m'arracher les yeux... Mais comment ma femme se trouve-t-elle dans cette guinguette? qu'est-ce que c'est que ce consul de contrebande... Je flotte dans un océan de logogriphes...

SCENE XII.

RAOUL, CHEVALIER.

RAOUL, à part. On vient... replaçons notre nez.

CHEVALIER, à part au fond. Oh! voilà le séducteur que mon Amandine m'a désigné.

RAOUL, à part. Que vois-je! l'ouvrier de ce matin avec mon costume de hussard... j'y suis à présent, c'est ce drôle-là qui a amené ma femme dans cette guinguette.

CHEVALIER. Quoiqu'il ne fasse pas clair de lune, mon ami Pierrot, prêtez-moi ton oreille, pour te dire un mot...

RAOUL. Que me voulez-vous, hussard?

CHEVALIER. Je veux que vous veniez amicablement avec moi dans une petite rue très sale, très étroite, et située sur le flanc gauche...

RAOUL. Et pourquoi faire?

CHEVALIER. Histoire de vous offrir un potage à la Julienne.

RAOUL. Un potage à la Julienne!

CHEVALIER. Dans le ruisseau.

RAOUL. Travesti, vous me prenez pour un autre, je ne vous connais pas, passez votre chemin.

CHEVALIER. Et moi je te connais, vilain masque... on m'a procuré ton signalement... une futaille déguisée en pierrot... tu vois bien que c'est toi.

RAOUL. Des injures! travesti, vous allez m'échauffer les oreilles...

CHEVALIER. Ça m'est égal! réponds, gros sac de farine, connais-tu un tambour qui répond au nom d'Amandine?

RAOUL, à part. Amandine!

CHEVALIER. Ce nom te fait pâlir... pierrot séducteur, trompeur et... pas léger... Eh bien! apprends que ce tambour est ma maîtresse... ah! tu voulais la dépouiller de ce qui lui reste de candeur, et tu ne veux pas que je détériore ton individu... en tout ou en partie... numérote tes membres, mon bonhomme...

RAOUL, froidement. Vous avez bu, mon ami...

CHEVALIER. J'ai bu, c'est possible, mais j'ai encore soif, soif de vengeance, suis-moi, en deux temps, à la fraîche, sous un réverbère...

RAOUL. Moi, me battre dans la rue, comme un porte-faix... je vous le répète, vous me prenez pour un autre, et puis, songez donc que vous abîmeriez votre beau costume...

CHEVALIER. Ça m'est égal, je peut l' mettre en loques, il n'est pas à moi!

RAOUL, à part. Je le sais parbleu bien!

CHEVALIER. Voyons, ne lantiponons plus... j'ai juré à mon Amandine que je te pocherais un œil, et un honnête homme n'a que sa parole... apprête ton œil.

RAOUL. Je ne sors pas d'ici.

CHEVALIER. A ton aise... c'est dans le local ci-inclus qu'aura lieu le coup de chausson...

Air : Tiens, tiens, ça t'apprendra. (Spectacle à la Cour.)

Chaud, chaud, point d'embarras,
Un', deux, mettons-nous en garde.

RAOUL.

Ah ! ne m'approchez pas,
Ou bien je crie à la garde.

CHEVALIER.

Pour te fermer la bouche,
J' vas t' casser plusieurs dents,
Et pour plus d'agréments
J' vas te rendre un œil louche.

RAOUL.

Va. cesse tes gros mots ;
Car à la moindre claque
Comme un lion je t'attaque
Devant les tribunaux !

(Après la reprise, Chevalier poursuit Raoul qui se sauve et lui ferme la porte sur le nez.)

CHEVALIER, frappant à la porte. Ah ! capon ! ah ! feignant ! je te rejoindrai!

SCENE XIII.

CHEVALIER, AMANDINE, VIRGINIE.

Air des chevau-légers.

CHOEUR.

Qui fait donc un pareil tapage ?
D' nos plaisirs, qui trouble le cours ?
De Chevalier, calmons la rage.
Accourons vite à son secours.

CHEVALIER.

Je vais faire un fameux tapage ;
Du pierrot j' veux trancher les jours.
Son trépas calmera ma rage.
Je vais l'aplatir pour toujours.

AMANDINE. Ah çà ! qu'est-ce qu'il y a donc, Chevalier ?

CHEVALIER. C'est c'te poule mouillée de pierrot qui n' veut pas se battre avec moi, et qui s'est barricadé là-dedans, mais il ne m'échappera pas... j' vas enfoncer la porte... une, deux...

(Disant ces mots, il prend son élan et donne un coup de pied dans la porte; elle cède, et il tombe à la renverse)

AMANDINE, poussant un cri. Ah ! mon Dieu !

RAOUL, sortant du cabinet, en arlequin, et allant relever Chevalier. Vous ne vous êtes pas blessé, hussard.

CHEVALIER. Non, non, merci, arlequin, le nez n'a pas porté... Mais vous devez avoir vu un pierrot entrer dans ce cabinet.

RAOUL. Oui, oui, un fort pierrot, qui a pris sa volée dans le jardin, par la fenêtre.

CHEVALIER. Voyez-vous, le lâche, qui s'envole ; mais je vais le suivre, et je te jure, Amandine, de rapporter à tes pieds ses deux oreilles, au moins.

AMANDINE. Une seule me suffira. (Chevalier sort.)

SCENE XIV.

AMANDINE, VIRGINIE, RAOUL.

VIRGINIE, bas à Amandine. C'est lui... c'est mon Léopold.

RAOUL, à part. Mon tambour... pourvu qu'il ne me reconnaisse pas.

AMANDINE, à Virginie. C'est drôle, ton arlequin ressemble joliment à mon pierrot, par le ventre. Nous allons voir.

RAOUL, à part. Si je pouvais m'éclipser.

VIRGINIE, à Raoul. Eh bien, monsieur, vous ne me dites rien ?

RAOUL, bas. Ah ! c'est vous... au contraire, ma colombine, j'ai mille choses à vous dire... mais je voudrais être seul avec vous.

VIRGINIE. Oh ! vous pouvez parler devant mon amie, je n'ai pas de secrets pour elle.

RAOUL, contrefaisant sa voix. Quoi ! ce joli tambour est votre ami. Sangodemi, je vous en fais mon compliment, vous avez bon goût.

VIRGINIE. N'est-ce pas ? Eh bien ! croiriez-vous qu'il y a un petit monsieur qui a voulu se moquer d'elle.

RAOUL. Pas possible.

VIRGINIE. Il faut que ce soit un rien du tout.

AMANDINE. Un rien du tout... dis plutôt un pas grand chose... se faire passer pour garçon, quand il a une femme; et une femme qui en vaut deux par son âge... quelle petitesse!

RAOUL. Ah! oui, c'est une grande petitesse.

AMANDINE. Pourquoi donc n'ôtes-tu pas ton masque, jeune bergamote, il doit te gêner.

RAOUL. Merci... je suis fort à mon aise. (A part.) J'étouffe.

VIRGINIE. Si tu voyais, ma chère, comme il est gentil... un véritable Adonis. Il a de bonnes grosses joues... un bon gros nez... de bons gros yeux...

AMANDINE. Raison de plus pour qu'il déshabille sa figure. Voyons, à bas le carton.

RAOUL. N'insistez pas, on pourrait me reconnaître, et si vous saviez qui je suis.

VIRGINIE et AMANDINE. Et qui êtes-vous?

RAOUL. Puisque vous le voulez absolument, eh bien!

Air Vaudeville de M. Guillaume.

Eh bien! je suis un enfant de Bergame,
Et du plaisir je suis le tendre ami.
Je suis tout feu lorsque j'aime une femme,
Je suis fou du macaroni;
Je suis aimable, j'aime à rire,
Je suis commun, je suis musqué;
Enfin, je suis, puisqu'il faut vous le dire...

AMANDINE, qui lui a détaché son masque.

Vous êtes démasqué. (bis.)

RAOUL. Amandine, c'est affreux.

AMANDINE. J'en étais sûre, c'est le mari du devant de cheminée.

VIRGINIE. Voyez-vous, le papillon.

AMANDINE. J'ai envie de lui arracher l'œil droit.

VIRGINIE. Et moi l'œil gauche.

RAOUL. Me rendre aveugle, ce serait me punir bien cruellement, car je ne pourrais plus vous voir.

AMANDINE. Il fait encore le joli cœur!.. Gros boule-dogue, va!..

RAOUL. Après tout, quel est mon crime?.. de vous avoir rendu justice à toutes les deux.

Air : Je vais revoir ma Normandie.

Vos traits sont piquants, Amandine,
Virginie a l'air langoureux.
(A Amandine.) Quel menton! quelle taille fine!
(A Virginie.) Quel joli nez et quels beaux yeux!
(A Amandine.) Ce pied laisse à peine des traces
(A Virginie.) Et votre taille est faite au tour.
Dites-moi, devant tant de graces,
Si mon œil pouvait rester sourd.

AMANDINE. A-t-il la langue bien pendue... ma chère!..

RAOUL. Croyez-moi, oh! les deux tiers des trois Grâces! faisons la paix, et déjeûnons ensemble, demain matin, aux Vendanges de Bourgogne.

AMANDINE et VIRGINIE. Par exemple!

SCENE XV.

LES MÊMES, LA BARONNE.

LA BARONNE, dansant.

Air : Dansez et balancez. (Bayadères.)

Chasser
Et déchasser,
Quel sort digne d'envie?
Oui, je veux passer
Ma vie
A balancer.
Au bal, le plaisir
Nous rend bien plus jolie;

Il sait rajeunir.
Eveiller le désir.
Puis, en galopant,
N'est-il pas charmant
De sentir le secret battement
D'un cœur amoureux
Dont les tendres feux
Se cachaient à vos yeux. (Apercevant Raoul.)

Que vois-je?.. mon tigre en arlequin!.. Comment, monsieur, vous avez encore changé de costume pour m'espionner... Ah! c'est affreux!.. mais je suis fatiguée de votre tyrannie... je briserai mes chaînes... Oui, monsieur, je danserai, je valserai, je galoperai... et je boirai du bichoff.

REPRISE DU REFRAIN.

RAOUL. Les misérables!.. ils ont grisé mon épouse!..

LECOMTE, dans la coulisse. Voulez-vous bien me lâcher?

UNE VOIX. Au violon!.. au violon!..

LECOMTE. Je n'irai pas...

AMANDINE, courant au fond. C'est Lecomte qui a des mots avec un municipal... Volons à son secours... (Elles sortent toutes deux en courant.)

VOIX, dans la coulisse. Il n'ira pas... il n'ira pas...

SCENE XVI.

LES MÊMES, excepté AMANDINE et VIRGINIE.

LA BARONNE, se levant. Quel est donc ce tintamarre? (Regardant à gauche.) Que vois-je! le consul que l'on arrête...

RAOUL, à part. Tant mieux!..

LECOMTE, dans la coulisse. Mais encore une fois je ne dansais pas le cancan...

LA BARONNE. Le cancan!..

UNE VOIX, dans la coulisse. Je vous dis que si...

LECOMTE, dans la coulisse. Je vous dis que non... Après tout, quel mal y a-t-il à s'égayer le Mardi-Gras... et à la Courtille?

LA BARONNE. A la Courtille! je suis à la Courtille!..

RAOUL. Eh bien! oui, vous y êtes... en pleine Courtille, et c'est une noirceur de votre fumiste; c'est lui qui vous a conduite ici pour se venger de la mystification que vous lui avez fait éprouver ce matin à l'hôtel.

LA BARONNE. Bonté du ciel! ainsi le consul d'Egypte, l'ambassadeur de Russie, le représentant de la Grèce, l'envoyé de Monaco avec lesquels j'ai dansé, valsé et galopé...

RAOUL. C'étaient des ouvriers...

LA BARONNE. Ah! quelle horreur!.. je me suis compromise... Ah! je suffoque... je m'évanouis... des sels... de l'eau des Carmes...

(Raoul se rapproche pour la soutenir.)

LA BARONNE, se relevant tout à coup. Ah çà! mais... Et vous, monsieur... comment se fait-il que vous soyez ici?..

RAOUL. Moi, ma bonne amie... (A part.) Je suis pris... (Haut.) c'est que... vois-tu... j'avais découvert le projet de ces ouvriers, et j'ai voulu t'accompagner, pour te protéger, pour veiller sur toi.

CRIS, dans la coulisse. Victoire! victoire!.. vive Lecomte!..

SCENE XVII.

LES MÊMES, AMANDINE, VIRGINIE, LECOMTE, MASQUES, puis CHEVALIER.

CHOEUR.

Air de Guillaume-Tell.

Nous aurions tous fait du scandale,
Si notre meilleur compagnon,
Pour un cancan plein de morale,
Avait été mis au violon.

LECOMTE. Enfoncée l'autorité! grace aux arguments de l'amitié, ils m'ont relâché... je suis libre... Vive la Charte!.. Mais où est donc Chevalier? (Appelant.) Ohé! Chevalier, ohé houp?

CHEVALIER, entrant en manches de chemises et tout crotté. Me voilà! me voilà!..

AMANDINE. Ah! mon Dieu!.. dans quel état!.. on me l'a abîmé!..

CHEVALIER. Amandine, ceci est l'ouvrage d'un pierrot que j'ai pris pour mon odieux rival; il m'a mis dans les draps où vous me voyez... je l'ai rencontré dans le jardin, et croyant reconnaître le drôle que je poursuivais, j'ai entamé la conversation poliment, en tombant sur lui à grands coups de poing; mais il a riposté... il m'en a donné... ah!.. enfin, nous nous en sommes fourrés... quand ça été bien fini... je regarde... Savez-vous qui c'était?.. c'était mon oncle!.. oui, c'est mon propre oncle qui m'a sali comme ça.

LECOMTE. Ah! ce pauvre Chevalier!

LA BARONNE. C'est donc vous, monsieur, qui vous êtes permis de m'amener ici?

CHEVALIER. Oui, grande dame... Vous vouliez me conduire chez un consul, ousque j'aurais été déplacé, et moi, je vous ai amenée à la Courtille, où vous ne pouvez pas l'être, vu que la beauté n'est déplacée nulle part. (Criant.) Du vin à quinze.

LA BARONNE. Mais votre conduite est affreuse!..

LECOMTE. Est-ce que vous ne vous êtes pas bien amusée?

LA BARONNE. Eh! raison de plus.

CHEVALIER. Vous avez ri... vous êtes désarmée... elle a ri...

RAOUL. Ma bonne... ne gardez pas rancune à ces braves gens.

CHEVALIER. Tiens!.. c'est M. Ragoût!.. c'est moi qui ai votre hussard... dont mon oncle a déchiré la veste... je vous en rendrai tous les morceaux intacts... une politesse en vaut une autre. (Prélude d'orchestre.) Oh! j'entends l'archet de la folie.

AMANDINE. C'est la dernière contredanse.

CHEVALIER, offrant sa main. Madame la baronne, voulez-vous me permettre?

LA BARONNE. Moi! danser avec vous!.. Au fait le mal est fait... je suis compromise... Mettez vos gants.

CHEVALIER. Deux paires, s'il le faut. (Fredonnant.) Je suis ton cavalier... Attention, vous autres... un avant-deux soigné à faire frémir un régiment de cuirassiers.

TOUS. En place!.. en place!..

D'AUTRES VOIX. Un vis-à-vis... un vis-à-vis...

(Ils sortent tous en courant. Le théâtre change, salle de bal, orchestre au fond, danse galop.)

FIN.

A. Appert, Impr. passage du Caire, 54.

www.ingramcontent.com/pod-product-compliance
Ingram Content Group UK Ltd.
Pitfield, Milton Keynes, MK11 3LW, UK
UKHW020450220726
13923UKWH00005B/2446

9 782019 289737